I0566969

EL A B C
DEL AMOR

Blanca Roquet

Books

Managing Editors: Francisco Fernández and Manuel Alemán
Designer: Ricardo Potes Correa

Published in the United States by CBH Books.
CBH Books is a division of Cambridge BrickHouse, Inc.

Cambridge BrickHouse, Inc.
60 Island Street
Lawrence, MA 01840
U.S.A.

Library of Congress Control Number: 2010943249
ISBN 978-1-58018-013-9
First Edition
Printed in Canada

10 9 8 7 6 5 4 3 2 1

Dedicatoria

A mi familia
A mi mamá, María Antonia López Pérez (E.P.D.)
To each and every individual who has given me a second chance
To the Fancher family, in particular, Mr. Bill Fancher (Fancher Cattle),
who was always close by to help and encourage me
To Richard and Effie Wofford, and Angela Rice, friends I met at the
hospital who gave me kind words of encouragement
To Barbara Bush
To the open-heart surgery (aortic valve replacement), 03/04/09
To Barbara Walters
To heart valve surgery, 05/2010
To the staff at Citizens Medical Center, especially:
Yusuke M. Yahagi, M.D.
Larry Riedel, M.D.
John McNeill, D.O.

Índice

VERSOS
QUE NACEN
DEL CORAZÓN

Amarte

Amarte, en un ritual se convirtió
desde que te conoció mi corazón
y enamorado de ti quedó.

Mareado y atolondrado, mi corazón acabó
con la flecha que cupido le lanzó.

Alentando al corazón, a tener
esta apasionada obsesión.

Rufián es el amor, que sin pedir permiso,
entra en tu corazón.

Tomando el tesoro que guardabas
con tanta ambición.

Enigmático destino, que te puso en mi camino
para amarte con todo mi corazón.

Besos

Besos que seducen
   y que me hacen perder la razón.

Eternidad placentera, que me envuelve
   en su fogosa pasión.

Suspiros que me arrebatas,
   y que delatan a mi enamorado corazón.

Osadía al besarte, y en un viaje mágico,
   hasta la luna llevarte.

Saciando con el néctar de tus besos
   la sed de mi apasionado corazón.

Corazón

Corazón apasionado, loco y obstinado
por conseguir tu amor.
Obsesión que lo mantiene
viviendo una trágica historia de amor.

Razonar es imposible, cuando no hay otra razón,
más que amarte con todas las fuerzas
de mi corazón.

Amarte noche y día se convirtió en la melodía
que lo motiva a latir,
para alcanzar su apasionada fantasía
de que algún día seas el dueño de mi corazón.

Zurcido mi corazón está por las heridas,
pues las mentiras de amor
lo lastimaron sin compasión.

Obligándolo a vivir
apasionado, loco y obstinado
por conseguir algún día ser el dueño de tu amor.

Nada podrá reemplazarte
pues tu has quedado tatuado justo aquí,
dentro de mi corazón.

Chance

CHance que la vida me da
con una segunda oportunidad
para la misma valorar.

Agradecimiento a la vida
porque puso en mi camino
a las personas indicadas, que de las garras
de la muerte me pudieron rescatar.

Negro se veía mi destino
ante algunas negativas de mi vida poder
salvar.

Con palabras alentadoras,
los obstáculos pude superar,
y la lucha por la vida dar.

Emergiendo del abismo mortal,
gracias a una mano angelical
que de las garras de la muerte, me pudo liberar.

Deseo

Deseo de tenerte junto a mí,
   viviendo pensando en ti
   y muriendo porque no estás cerca de mí.

Enajenado deseo, que cautivo mantiene
   a mi enamorado corazón.

Sádico sentimiento, que me mantiene vivo
   pensando en ti
   y muriendo porque no estás junto a mí.

Egoísta obsesión
   que permites que lastime a tu corazón.

Obstinado deseo de quererte
   que me ha llevado a perder la razón.

Enamorar

Enamorarme de ti, ha sido
lo mejor de mi existir.

Nostalgia que me provoca, el estar tan lejos
y sentirte tan cerca de mí.

Abnegado corazón
resignado a esperar la ocasión
de que engarzado de mi amor
algún día estarás.

Música para mi corazón será
y como la miel a las abejas
tu amor, mi musa será.

Odiseas tendré que pasar
y no habrá tesoros que lo puedan valorar
si al final, juntos llegamos a estar.

Romance mágico, que me hace imaginar
un unicornio alado
que a tu regazo me traerá.

Angelical arrumaco, que retoza en mis sentidos
arrullando a mi alma
y adormecida al edén la llevará.

Romeo y Julieta con esta historia
se volverían a enamorar.

Fascinación

Fascinación por tu amor
que me provoca perder la razón.
Afrodisiaco que con sutil astucia
seducirme conseguirá.

Susurrándote al oído, y embriagándote con dulzura
al paraíso te llevará
Cautivo de sus encantos, tu corazón sin remedio
en sus redes atrapado quedará.

Incrédulo corazón
del embrujo de su hechizo
una víctima serás.

Noches enteras, soñando con él estarás.
Acariciando la ilusión
de que mis sueños se hagan realidad.

Cantos de hadas
en tus oídos escucharás.

Inspirando al poeta
que dormido,
en mi corazón yacía.

Oculto don de osadía
que mi corazón escondía
y que yo no sabía que existía.

Nostalgia por no haber tenido la valentía
de decirte, la fascinación que por ti yo sentía.

Gracias

Gracias al Sr. Amor
que tocar la puerta
de mi corazón decidió.

Reemplazando la tristeza
por la alegría en mi corazón.

Agradeciendo a la vida
este sentimiento
que acaricia mi corazón.

Cicatrizando las heridas que el tiempo
no había podido sanar.

Irrumpiendo en mi vida
y así, mi amor poderte demostrar.

¡Aleluya! ¡Aleluya!, al fin el ruiseñor del amor
a la puerta de mi corazón tocó.

Susurrándote al oído
gracias por dejarme
en tu corazón entrar.

Hechizo

Hechizo mágico
que a mi voluntad mantiene cautiva.

Elixir que consigue hacer
mi inspiración volar.

Calabaza hechizada
en bella carroza se transformará.

Hechizo mágico
que al príncipe encantado
a mi regazo traerá.

Idilio del cual despertar,
nunca querrás.

Zodiacales predicciones
su destino, detener no podrán.

Oráculo que la respuesta ansiada te dará,
que tu príncipe soñado
rendido a tu seducción hechicera caerá.

Inspiración

Inspiración que de su profundo sueño
a la musa del amor despertó.
Necesidad sofocante
de mis sentimientos, a ti declararte.
Sentimientos que me ahogan
y a mi necio corazón devoran.
Pensamientos vehementes
que a mi inspiración alimentan.
Inspiración que transmuta
a un sueño ingenuo y tímido
en un sueño osado y audaz.
Raciocinio perdido, en rompecabezas,
mis pensamientos convertirás.
Abismo inagotable de inspiración
que alimenta mi corazón.
Coqueteos que conquistan
y como abeja a su miel,
rendido a sus pies sucumbirás.
Inspiración impulsiva
que desnudos, mis sentimientos
hacia ti dejará.
Orillándome a declararte
el amor apasionado
que yo siento por ti.
Naciendo de este amor vehemente
una inspiración pasional.

Juramento

Juramentos que encadenan
y que al corazón encarcelan.
Usurpando el derecho de tu corazón,
de amar libremente y sin limitación.
Reprimiendo al corazón a un solo amor,
cuando puede amar a más de dos.
Absurdo es vivir, cuando para ser feliz,
reglas de vida debes seguir.
Manzana prohibida
que hace al corazón, juramentos infringir.
Emancipar de leyes tontas,
al corazón deberás.
Normas y juramentos
jamás al corazón deberán atar.
Tácticas de amor
son las únicas leyes que el corazón aceptará,
como normas para alcanzar la felicidad.
Obligación única del corazón será, amarte hasta el final
aunque juramentos y normas de la vida deba
quebrantar.

Karma

Karma que mantiene mi destino
atado a tu camino.
Amantes que en el tiempo
sus vidas se reencontrarán.

Reencarnados nuestros corazones en otros cuerpos,
pero con la esencia de nuestro amor,
vivo siempre estará.

Meditando, a Nirvana un viaje haré
donde respuestas a mis dudas conseguiré
que me dirán cómo en esta vida, yo te
encontraré.

Almas que en sus vidas intentarán,
la perfección alcanzar,
para ser un digno pretendiente,
y tu corazón poder conquistar.

Lujuria

Lujuria que despierta en mí,
el amor que yo siento por ti.

Urgencia desmedida
por arropada en tus brazos estar.

Juego de seducción
que a perder la razón
te llevará.

Ultrajando la pureza
de la ingenuidad de mi alma.

Rienda suelta a tus bajos instintos darás.

Incandescentes pensamientos,
tu integridad corromperán.

Arrastrándote a la lujuria
del deseo carnal.

Llamada

LLamada de corazón a corazón.
Ansiedad por tu voz escuchar.
Miedo de muda,
   al escucharte quedar.
Agitado mi corazón,
   al oír tu voz, un suspiro exhalará.
Decirte la emoción
   que mi corazón siente.
Al escuchar tu voz
   en esta llamada de corazón a corazón.

Melancolía

Melancolía que de la muchedumbre me alejas
y meditabundo me dejas.
Estado efusivo
que embelese mis sentidos.
Lastimando lentamente
lo más profundo de mi ser.
Adormeciendo mis ganas
de enamorarme otra vez.
Nostalgia de tu distancia
que me provoca esta agonía.
Contraste de la vida
que ha renunciar a ti me obliga.
Obscureciendo mis sentidos
y la ilusión de amar.
Lamentos que de ataduras te liberarán.
Inestabilidad pasajera
que así como llegó se fuera.
Apatía que me provoca
esta profunda melancolía.

Nostalgia

Nostalgia que tu recuerdo me causa.
Obstinado es el destino,
    que me puso en tu camino.
Sabiendo que senderos opuestos,
    a nuestros corazones apartan.
Tanta distancia
    que a nuestras vidas alejan.
Apartándonos cada día más
    en vez de nuestro amor aproximar.
Lejanía que tu distancia provoca
    y sumergido en la nostalgia
    mantiene a mi corazón partido.
Gratitud tengo a la vida,
    por regalarme el placer de haberte conocido.
Inquietudes despertaste
    en mi corazón dormido.
Aunque fue solo sueño mío,
    el solo pensar en ti,
    invade mi corazón de nostalgia.

Ñoño

Ñoño y temeroso mi corazón se siente,
al intentar decir lo que por ti siente.

Oprimido y acongojado está mi corazón,
pues mis tácticas de amor,
hasta la fecha no han funcionado.

Ñoño y temeroso mi corazón se siente,
al intentar gritar lo que por ti siente.

Obsesionado por tu amor,
un pequeño detalle ha olvidado:
que tu corazón, con otro amor
ya está ocupado.

Obsesión

Obsesión que sin piedad,
a mi voluntad,
en sus garras apresa.

Boicoteando mis sentidos y...

Sacudiendo intempestivamente
las fibras más íntimas de mi corazón.

Enajenado, loco y extasiado,
por querer que tú sientas
lo mismo que siente mi corazón.

Seduciéndome a caer
en las redes de la tentación.

Imponiéndole a mi corazón,
acatar su voluntad.

Obsesión que me entorpece
y que a mi corazón embelese.

Nociva es para mí
esta obsesión de pensar en ti.

Pasión

Pasión que en mi corazón despertaste,
desde el momento que me miraste.

Atrapada por la seducción de tus ojos negros,
embelesado mi corazón dejaste.

Sex-appeal que sin tocarte,
sintió mi cuerpo al mirarte.

Imán que inexplicablemente me dejó
magnetizada por ti.

Osadía de decirte,
lo que mi corazón
por ti siente.

Necio y obstinado es este amor,
que se muere por probar
el dulce néctar de tus labios
y la ardiente pasión de tu corazón.

Quererte

Quererte a ti,
    es como al sol quererse acercar
    y sin quemarse resultar.

Ultimar una historia de amor
    que nunca comenzó.

Esperando que se enamore,
    alguien que en ti
    nunca se fijó.

Reconquistar un amor,
    que solo en mis sueños existió.

Empeñarse en regresar el tiempo,
    y a los protagonistas del cuento cambiar,
    para hacer mi sueño de amor realidad.

Redactar una declaración de amor,
    que nunca a tu amado enviarás.

Telefonearle para tu amor confesarle
    y al escuchar su voz, colgarle.

Eclipsar el sol con un dedo
    y en su ausencia,
    preguntarle a la luna
    si existe la posibilidad
    de que algún día me llegues a amar.

Romance

Romance que Romeo y Julieta
hubieran podido envidiar.

Obstruido por los azares del destino.

Manoseando mis sentidos
y dejando mi corazón herido.

Aniquilando de tajo
la ilusión de mi amor por ti.

Negociando con mi propia vida
para que nuestra historia de amor
se pudiera realizar.

Celestina del amor, de tu complicidad,
este enredado amor, necesitará.

Echando al destino,
el desenlace de este romance
que ni Romeo y Julieta
hubieran podido concretar.

Seducción

Seducción que me embelesa
y que elimina mi tristeza.

Enervando mis sentidos
y despertando a mi corazón dormido.

Desenfrenado desatino que en tu camino,
al desnudo a mi corazón dejó.

Usurpando mis sentidos
para que en tus redes
atrapada quedara yo.

Cachondez que, como brasa incandescente,
te prenderá.

Calentura que te enciende
y tu presión sanguínea elevará.

Inhibiendo la sensatez de pensar.

Obsesión desmedida,
que perder la razón, te hará.

Noqueado por la pasión,
de la seducción, preso serás.

Tentación

Tentación de un beso tuyo robar
    y así, el néctar de tus labios probar.

Entre tus brazos acurrucada, despertar
    después de…

Noches de pasión,
    junto a ti disfrutar.

Tentación que crece
    y a mi corazón, enloquece.

Astucia desmedida,
    por cerca de ti estar.

Caprichosa necedad,
    de poderte enamorar.

Impulsivo sentimiento
    que, con su loco proceder,
    te abochornará.

Obstinada tentación,
    que me ha llevado a perder el control
    de los sentimientos de mi corazón.

Noches interminables y ardientes
    atizarán el deseo de esta apasionada tentación.

Urgencia

Urgencia por quererte conquistar.
Remedio que calmaría mi ansiedad.
Gravedad de mi corazón
    por la falta de tu amor.

Emergencia por nuestros destinos, emparejar.

Necesidad de gritar
    que te quiero,
    aunque prohibido, para mí estás.

Cardíaca es mi enfermedad,
    y si tú, junto a mí no estás,
    mi corazón se morirá.

Inyección de amor y una dosis de besos,
    a mi corazón aliviarán.

Anestesiado en la sala de urgencias,
    por una transfusión de amor,
    mi corazón esperará.

Vivir

Vivir por ti,
   y muriendo porque no estás junto a mí.

Inexplicable es este sentimiento
   que por ti mi corazón siente.

Vivir acatando las leyes del corazón
   y atentando las de la razón.

Irrazonable, cuando por amor,
   lastimado sale tu corazón.

Renunciar a lo que siento por ti
   sería renunciar a vivir
   y lentamente de amor
   a mi corazón dejar morir.

Who

Who are you, que intempestivamente
llegas y te adueñas de mi corazón?

Hiriendo de amor
a mi frágil corazón.

Obligándolo a vivir
en un abismo de incertidumbre y desamor.
¿Quién eres tú?

X-rays

X-*rays* necesito para saber
si mi corazón, por amor,
partido en dos está.

Rayos X que me digan
si el mal de amores,
fue la causa de su enfermedad.

Aspirinas no podrán evitar
que me dé un ataque al corazón.

Yacido en la sala de emergencias,
de mal de amores,
mi corazón morirá.

Sin haber probado el néctar de tus labios
ni la ardiente pasión de tu corazón.

Yerbatero

Yerbatero, que un mal de amores
a consultarte vengo yo.

Elixir mágico para que, rendido
a mis pies, caigas al fin.

Ritual de seducción, que su voluntad embelese.

Brebaje, que alucinar lo haga por mí.

Amuleto, que contra todo
proteja nuestro amor.

Talismán, que le dé un toque mágico
e irresistible a este amor.

Embrujo, que al mirar tus ojos negros
cautivado quede tu corazón.

Remedio, que calme esta desatada pasión.

Oráculo, que me responda
si la consulta al yerbatero
remediará el mal de amores,
que está sufriendo mi corazón.

Zodiaco

Zodiaco que guía nuestros destinos.

Opuesto a nuestros designios
borrascosos caminos, como prueba, nos
pondrá.

Desvaneciendo la ilusión
de que algún día,
nuestros destinos se cruzarán.

Infortunio del destino
que te puso en mi camino
cuando tu corazón,
un dueño tenía ya.

Afrontando al destino, con el poder del amor
a nuestro favor,
la suerte cambiará.

Caminos borrascosos que, con nuestro amor,
un final feliz lograrán.

Orientando a los astros
y así, el zodiaco,
a favor de nuestro amor estará.

SEMANARIO
DEL
AMOR

Lunes

Lunes, con el magnetismo de la luna
   a conquistarte me ayudará.

Uniendo nuestros destinos,
   con ayuda del universo astral.

Noches de pasión nos regalará.

Eclipses, nuestro amor
   no podrán ocultar.

Sometido a la seducción de la luna
   enamorado de mí terminarás.

Martes

Martes, el dios Marte, con su fuerza guerrera,
    invadirá mi corazón,
    y así tu amor habré de ganar.

Aguerrido es mi corazón,
    que te declara la guerra
    para conquistar tu amor.

Refuerzos cupido me enviará
    y de un flechazo,
    muerto de amor caerás.

Tácticas de amor,
    insuperables de vencer serán.

Ejército del amor,
    cualquier guerra ganará.

Sabor a la victoria,
    conquistar el amor de tu corazón, me dará
    y con la fuerza guerrera del dios Marte,
    protegido hasta la eternidad, estará.

Miércoles

Miércoles, Mercurio con sus dotes mágicos,
el milagro de tu amor,
a mi corazón concederá.

Irresistible mi presencia
para ti será,
y enamorado de mí, quedarás.

Embrujado por mi sex-appeal,
a un viaje a la vía láctea
me llevarás.

Recorrido de ensueño, y durante ese viaje,
de mi corazón te adueñarás.

Compraré tu corazón
al mercader del amor.

Ofreciéndole un millón de besos
para que me venda tu corazón.

Luego con pasión y vehemencia
ese amor duplicaré.

Enriquecido por este encantador negocio,
tal vez a Mercurio,
el milagro de un fruto de nuestro amor
le exigiré.

Sueños que cada miércoles,
al milagroso Mercurio le pediré.

Jueves

Jueves, con Júpiter y la ayuda del dios Zeus,
un rayo de amor,
a tu corazón enviaré.

Utopía que en el cielo, cual estrellas,
cada noche aparecieran…

Entrelazados dos corazones,
con nuestros nombres
como símbolo de nuestro amor.

Validando en el cielo
el amor que por ti yo siento.

Enlazando nuestros destinos
en el espacio sideral.

Séquito celestial,
junto con Júpiter y el dios Zeus
nuestro amor consagrarán.

Viernes

Viernes, con la belleza de Venus y el amor de Afrodita,
seducido por mí, quedarás.

Impactado tu corazón,
noqueado caerá.

Embrujado con su belleza,
esclavo de su amor serás.

Rendido a sus pies,
enamorado sucumbirás.

Ningún poder podrá evitar
que te enamores de su beldad.

Enamorado de sus encantos,
tu corazón, encarcelado quedará.

Sucumbir en la belleza de este amor,
en viernes, no podrás evitar.

Sábado

Sábado, diversión en este día,
necesitará mi corazón.

Atizar la chispa del amor,
para que nunca se extinga
la llama de la pasión.

Bailes seductores
que mantengan viva,
la flama del amor.

Aderezando este amor con besos apasionados
impidiendo que se enfríe nuestra relación.

Delicias tan exquisitas
tu corazón no resistirá,
y presto a degustarlos, estará.

Oleada de felicidad,
que vivo, el fuego del amor mantendrá.

Domingo

Domingo, el rey Sol con su calidez,
　　hará que caigas rendido a mis pies.

Obsequiándonos sus rayos,
　　para nuestro amor, con calor mantener.

Majestad, Sr. Sol,
　　no permitas que se congele nuestro amor.

Ilumina cada día nuestro corazón
　　para que no se apague
　　la chispa de la ilusión.

Nutre nuestro amor,
　　con fogosa pasión.

Gracias Sr. Sol,
　　por ser el centro de nuestro corazón.

Ofrendamos a ti este día,
　　agradeciendo el calor que le das a nuestras
　　vidas,
　　que es el motor de nuestro amor.

ESTACIONES
DEL
AMOR

Primavera

Primavera, tiempo de florecimiento, de vida,
del primer verdor,
así mantén nuestro amor
siempre vivo, jovial y lleno de pasión.

Religioso florecer de la vida
que aún, cuando muerto parecía,
vivo seguía.

Inexplicablemente,
solo dormido se mantenía.

Mientras que esperaba,
que la primavera llegara,
y con su jovialidad lo tocara.

Alborada de la vida y del amor,
que en mi corazón dormida yacía.

Vida para vivirla
y buscar la felicidad,
como si fuera el último día.

Esotérico espíritu de la primavera,
que a mi corazón
en sus redes atrapas.

Reclamándole a mi corazón
que viva con intensidad
y sin ninguna inhibición.

Alborada de la vida, del amor,
juventud de la hechicera,
llamada primavera.

Verano

Verano incandescente,
chispa que enciende
la llama apasionada del amor.

Efervescencia que se respira,
y por mis poros transpira.

Ritmo cardíaco que se eleva,
y mi respiración, sin control, acelera.

Amantes en la alborada,
en una entrega ardiente y apasionada.

Néctar embriagante
de tus labios al besarme.

Ofuscación que, al calor de la pasión,
te hacen perder la razón.

Otoño

Otoño, crepúsculo del atardecer
   que inundas mi alma
   con un toque de sensatez.

Tiempo para reflexionar,
   y a la vida valorar.

Ocasión para acercarse a la soledad,
   y empezarla a disfrutar.

Ñoño y receloso pareciera,
   que el Sr. Sol se sintiera.

Ocaso que con sus vestiduras de matices dorados
   al espacio sideral engalana
   como si en el Olimpo,
   esperaran tu llegada.

Invierno

Invierno, que de su congelante frío,
te cobija con su edredón blanco.

Noches gélidas y tardías,
que con la aproximación de nuestros cuerpos,
se convierten en tan solo
un apasionado suspiro de amor.

Vaticinio que, un ciclo de vida,
a su final culmina.

Inocencia perdida
en tu impresionante
blancura invernal.

Elegante hechicera blanca
que, con tu embrujo invernal,
a mi corazón adormecerás.

Reloj marcando la culminación de una noche de pasión
y la continuación de una historia de amor.

Nochebuenas de color rojo incandescente
que, de pasión, llenarán esta estación.

Ofrendándole una oración
por el amor subliminal
que nos inspira esta época invernal.

MISCELÁNEAS
DEL
AMOR

Amigo

Amigo, una palabra corta,
  con un significado tan inmenso
  como el mar.
Millones pueden decirse amigos,
  pero como acto de magia,
  en situaciones difíciles,
  casi todos desaparecerán.
Son como teléfonos celulares,
  todo el tiempo están sonando,
  y cuando tienes una emergencia,
  la señal es débil o la batería se le acabó,
  por lo tanto…
  en situaciones difíciles, nunca contestarán.

Indicándote, con los dedos de las manos,
  cuántos, verdaderamente, son tus amigos.

Gracias te doy amigo,
  porque en este mundo de locos
  en que nadie tiene tiempo
  y todos están en sus asuntos ocupados
  tú, mi amigo, tu tiempo me regalaste
  y palabras de aliento me brindaste
  en momentos agobiantes.

Ocasión para decir que un amigo
  no te pone condición
  siempre lo da todo de corazón
  sin esperar a cambio ninguna gratificación.

E-mail al cielo

E-mail al cielo, he decidido enviar,
    esperando que a su destino
    logre llegar.

Mensaje que te envío
    con todo el amor de mi corazón.

Agradeciendo que me diste la vida
    y las agallas para vencer cualquier obstáculo
    que se pudiera presentar.

Indicándome que en la vida
    no hay tesoro más grande
    que el amor maternal.

Lecciones de ternura
    que solo el amor maternal te pueden dar.

Acuse de recibo voy a solicitar,
    para asegurarme de que mi e-mail recibirás.

Labor ardua que le encomendé
    al cartero celestial.

Culpas siento, porque en tus últimos momentos,
  a tu lado no pude estar,
  pero tú sabes que en mi corazón
  siempre vivirás.

Irremediable es la muerte,
  y a todos algún día
  a sus puertas tocará,
  aunque sea muy difícil de aceptar.

Encontrarme de nuevo contigo,
  para mí,
  ese día dichoso será.

Luto en mi alma ya no habrá más,
  porque el lucero, con su luz,
  mi camino iluminará,
  y hasta el limbo, junto a ti me llevará.

Orquesta de querubines,
  una fiesta en el cielo ambientarán,
  para nuestro reencuentro, celebrar.

Perdón

Perdón, una palabra tan corta
   y tan difícil de pronunciar.

Enormes vicisitudes,
   con solo decirla
   se podrían solucionar.

Rencores egoístas,
   que de la guerra al amor
   a un solo paso están.

Desasosiego en el alma,
   que al perdonar
   se calmará.

Orgullo desmedido,
   que en sus redes de tristeza y soledad
   te atrapará.

Negación de esa palabra pronunciar,
   y cuando te decides,
   es demasiado tarde para perdonar.

Soledad

Soledad, amiga mía,
  que siempre escuchas
  y no reprochas.

Otorgándome la paz y tranquilidad,
  para sobre mis actos reflexionar.

Libertad que me das
  para mis historias tristes escuchar.

Escucharme puedes todo el tiempo sin descansar.

Dadivosa amiga mía,
  que a mi alma regalas paz.

Apaciguando mis momentos de tempestad.

Derroche de silencio,
  que a mis angustias abrazará,
  para un buen consejo regalar.

Esperanza

Esperanza de que mis sueños
algún día se hagan realidad.

Sabiduría necesitarás
para por tus propios medios
esos sueños alcanzar.

Persistencia y audacia
al triunfo te llevarán.

Elogiado tu ego se sentirá
al ver tus sueños hechos realidad.

Retos la vida te pondrá
para la esperanza en ti matar.

Algunas veces rendido te sentirás
pero una lucecita interna
a seguir te empujará.

Nada tan bello será
como vivir tus propios sueños
y no en los sueños de alguien más.

Zambullido en un mar de felicidad
es el regalo que la esperanza
algún día te dará.

Agarrando el timón con las dos manos
como buque en tempestad
si conservas la esperanza
ésta, tus sueños te hará realidad.

Miedo

Miedo que me abraza
   y que a mi voluntad enclaustra.

Intimidad ultrajada y pisoteada.

Encierro del que ansías escapar
   y, que por miedo,
   enclaustrado prefieres estar.

Destinos escabrosos de los que,
   tan solo con la muerte,
   puedes escapar.

Oscuridad del pensamiento y de la voluntad,
   que vivir feliz, nunca te permitirá.

Cautiva

Cautiva terminé,
  por creer...
  en tus falsas promesas de amor.

Audaz y egoísta ladrón de sueños
  que solo te importó
  conseguir tu felicidad.

Usurpando mis anhelos y deseos,
  de una hermosa historia de amor realizar.

Tergiversando mi destino,
  a tu antojo y sádica voluntad.

Insensible es el amor,
  cuando utilizando sus tácticas,
  lastimado sale el corazón.

Villano y embustero,
  que en nombre del amor,
  ultrajas y lastimas sin compasión.

Atrapada en tus promesas de amor,
  en un final en cautiverio,
  mi historia de amor terminó.

Sádico

Sádico sentimiento,
   que disfrutas del amor,
   causando sufrimiento y dolor.

Angel perverso, que haces daño,
   en nombre del amor.

Disfrazado todo el tiempo
   con la máscara de la bondad y la ternura,
   casi, casi llegando a la perfección.

Inmaculada, tu imagen,
   a todos cautivará,
   y muy difícil demostrar lo contrario será.

Con dinero, la imagen de cualquiera,
   siempre será inmaculada ante los demás.

Olvidando que el sadismo,
   es un arma de amor mortal.

Grito

Grito, para mi vida salvar
del peligro que la acecha.
Razones siempre habrá,
para un grito desgarrador dar.

Imposible es actuar como inteligente y opinar,
o parecer sabio y callar,
cuando como ignorante necesitas gritar,
ante la furia de un río
que te atrapa en plena tempestad.

Tal vez haber callado por tanto tiempo,
es lo que me hizo gritar.

Oigan mi grito ensordecedor,
pues prefiero ser
un ignorante gritón,
que un sabio encubridor.

Toque angelical

Toque mágico de un ángel,
   mi corazón recibió.

Obsequiándome una segunda oportunidad,
   de mi vida valorar.

Querubines quienes de las garras de la muerte,
   me lograron rescatar.

Unificando nuestros corazones,
   hasta la eternidad.

Estigmas en mi pecho,
   olvidarme de ti impedirán.

Afín a mi camino,
   para siempre te quedarás.

Nada podrá destruir este sentimiento subliminal.

Gracias a tu dulce trato,
   me ayudaste a recuperar.

Enviado del destino,
   para mi vida salvar.

Lucecita celestial,
  que me diste electricidad,
  para conectada a la vida continuar.

Iluminando mi alma,
  que se encontraba perdida en la obscuridad.

Curando las heridas,
que lastimaban a mi corazón.

Absurdo es el destino,
  que te pone borrascosos caminos,
  para a un ángel poder encontrar.

Lección que me dio la vida,
  de nunca...
  en la existencia de un ángel dudar.

Tiempo

Tiempo, que su camino nunca detendrá,
y a su paso huellas te dejará,
y aunque madrugues,
más temprano, no amanecerá.

Interminable en ocasiones parecerá,
y un día nuevo desearás
que llegue ya.

Edificar castillos puede llevarse una eternidad,
destruirlos, solo segundos bastarán,
aires huracanados, en un solo soplido,
siempre destruirán
lo que toda una vida, te costó edificar.

Maquillar errores de tu vida,
regresando el tiempo querrás,
olvidando que las experiencias,
a madurar te enseñarán.

Perfección, con el tiempo, tu vida logrará.

Ocultar la edad de tu vida,
no lo podrás lograr,
pues el tiempo deja estragos
imposibles de maquillar.
Vive tu tiempo al máximo,
y ama con toda tu intensidad,
para, con dignidad, a tu último día llegar,
pues, inevitablemente, el tiempo, algún día,
su camino, sin ti continuará.

Catarsis

Catarsis, que purificas mi alma,
　y a mi corazón, de ataduras, liberas.

Aligerando culpas, que a mis pensamientos
　encarcelaban.

Trasmutando mis sentimientos,
　y quitándole a mi corazón culpabilidad
　y así, sin miedo,
　libremente volver a amar.

Aceptando errores y defectos,
　que no me permitían volver a soñar.

Rompiendo cadenas,
　que te encarcelan
　y no te dejan respirar.

Subliminal, es ahora mi sentimiento,
　y nada lo podrá manchar.

Impurezas, de mi espíritu, he podido limpiar,
　ya que mis prejuicios,
　lo mantenían en la obscuridad.

Sano, mi corazón partido,
　seguirá la luz brillante de mi alma,
　que sin tropiezos,
　a un nuevo amor guiará.

Affair of the Heart

Affairs of the heart, make my heart beat fast,
    and keep me alive.

Feelings I can't evade.

Festival of music, flowers and colors, make me feel
    as if I could arrive in heaven.

Art inspires me to love, and makes me vibrant.

Illusions make me feel happy.

Reasons, I try but have not found any.

Opus of my heart, makes me want to sing and dance.

Feelings I can't evade.

Touch my heart, and make me breathe faster.

Healing my fragile, and broken heart.

Erasing past wounds, hurts, and like a child
    sometimes makes me cry.

Heart does not know racial nor social status
distinction.

Elixir gives me freedom to dream, to fly, and to
escape far away from my real life.

Art makes me sigh.

Rainbows make my heart feel like sunshine.

Temptations I can't evade.
Affairs of my heart are like my heart surgeon.
When my heart is broken in two,
They will come, and make them two.
to keep me alive.

De la presente edición:
El ABC del amor
por Blanca Roquet
producida por la casa editorial CBH Books
(Massachusetts, Estados Unidos),
año 2010.
Cualquier comentario sobre esta obra
o solicitud de permisos, puede escribir a:
Departamento de español
Cambridge BrickHouse, Inc.
60 Island Street
Lawrence, MA 01840
U.S.A.

Otras obras publicadas por CBH Books

www.ingramcontent.com/pod-product-compliance
Lightning Source LLC
Chambersburg PA
CBHW071345130626
46556CB00005B/2032